# El primer día de clases

## Bill Binzen

Traducido al español por Argentina Palacios

Doubleday & Company, Inc.
Garden City, New York

*This is a Spanish translation of FIRST DAY IN SCHOOL by Bill Binzen*

IBSN:   0-385-12006-0 Trade
          0-385-12007-9 Prebound
*Library of Congress Catalog Card Number 76-23788*

El kindergarten estuvo vacío todo el verano . . .

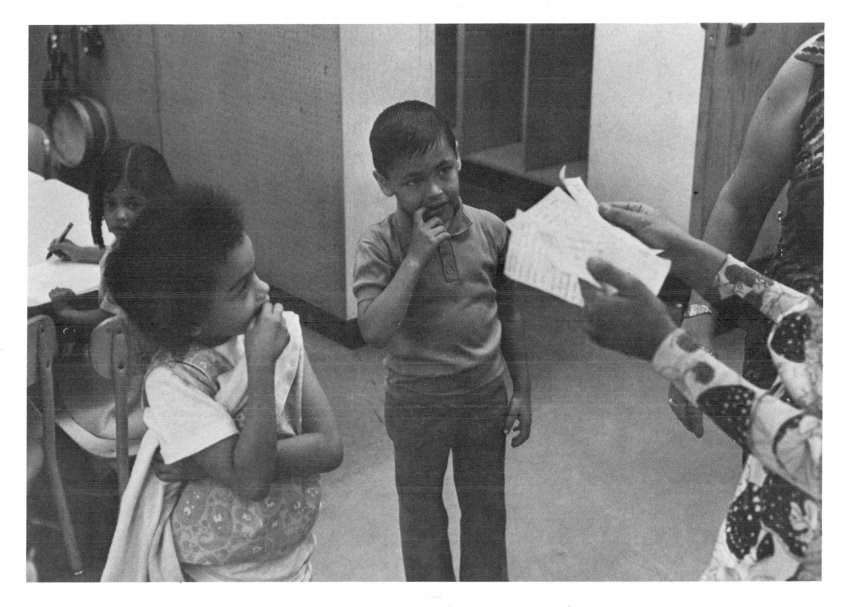

. . . pero ahora llegan los niños y las niñas porque
es el primer día de clases. ¿Cómo será?

María llega a la escuela con su papá.

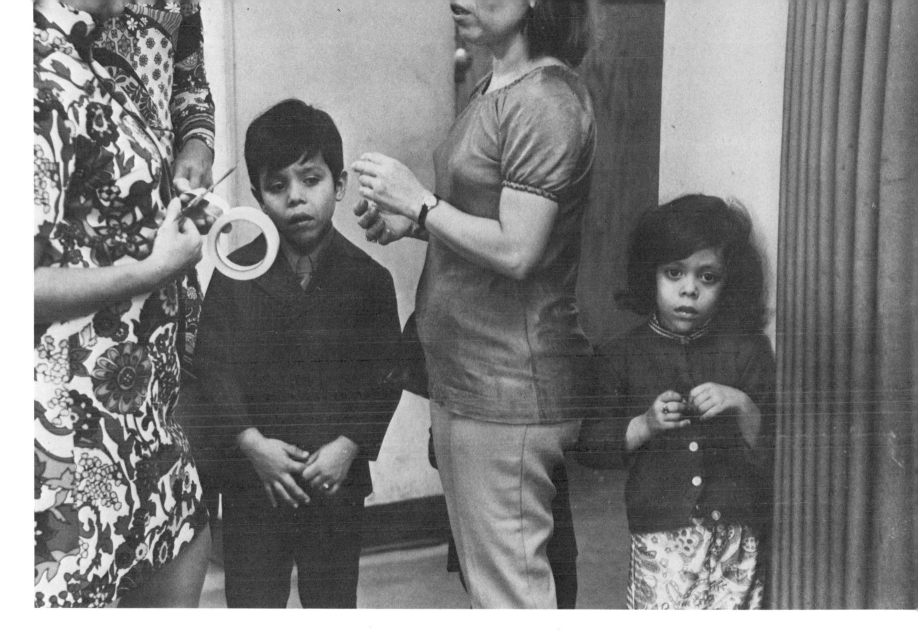

Carlos y Esther llegan con su mamá.

—Me quiero ir para mi casa—dice Luis apenas se sienta.

—Yo también me quiero ir para mi casa—dice Carmen.

No llores, Alfredo. ¡Te vas a divertir!

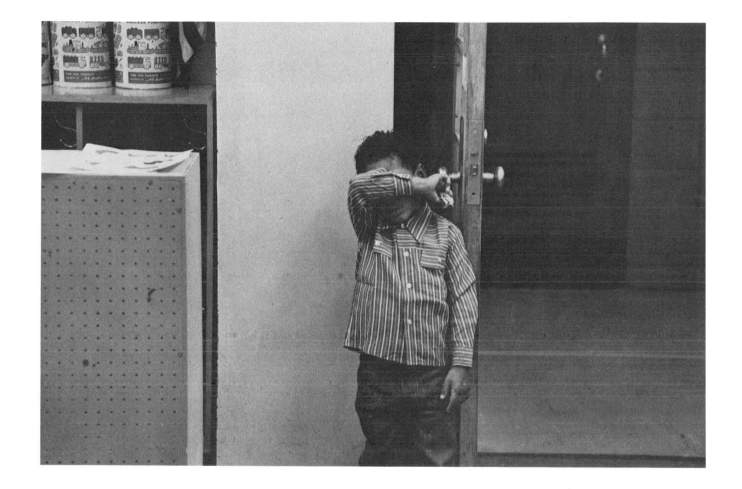

Oye, ¿pero qué es lo que pasa aquí? ¡Qué triste está todo el mundo! ¡Alégrate, Jeff!

Y Betty, ¿dónde está?
Parece que está escondida.

¡Ah, mírala aquí!

Bueno, pero ¿qué se puede hacer en un kindergarten?

La maestra nos enseña todos los juegos y nos hace sentir
tan a gusto como en casa.

Alicia se encontró algo muy interesante.

Y Jimmy encontró a una gente muy cómica. Jimmy, ¿por qué mueven los brazos?

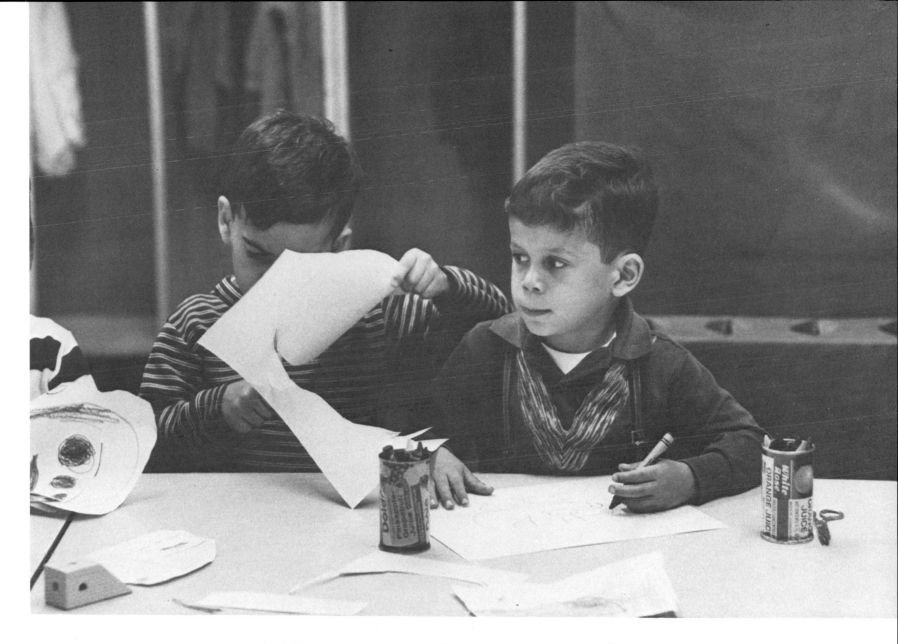

Héctor, no olvides que antes de recortar una figura
tienes que dibujarla.

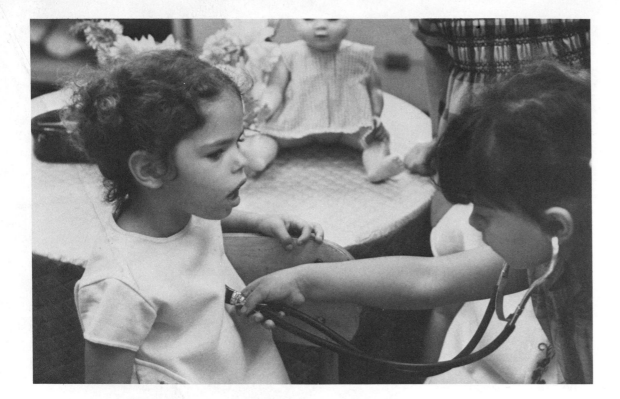

Ana está con el médico. Ana, tose, por favor.

Tommy está haciendo un edificio grandote—¡o algo por el estilo!

¡Ay, ay, ay, Ricardo, no dejes caer al bebé!

Las gemelitas tienen una fiesta. ¡Pero parece que
no invitaron a los del castillo!

Este debe ser el zoológico.
¿Se comerá el hipopótamo
el sombrero del hombre?

Ahora los niños tienen que formar fila. Es la hora del recreo y van a jugar en el patio.

¡Qué lejos de la tierra está el cielo!

¡Qué casualidad! La mamá de Rosa pasa por ahí. Rosa
la ve y le dice: —Estamos jugando muy bien.

Poco después los niños regresan a la clase. Oigan a
Charlie tocar el piano.

Diana está manejando
su carro.
Se va de viaje.

¡Miren quién está vestida de gala! Judy, ¿dónde
es la fiesta?

—¿Fiesta? ¿Alguien dijo "fiesta"?—pregunta Daniel.

La maestra promete leer cuentos todos los días.

—¡Qué osito tan tonto!—dice Ramón.

—Se parece a ti—dice Jenny,
muerta de la risa.

De pronto suena la campana. —Ya es la hora de
irnos a casa—dice Henry.

—Me divertí mucho en la escuela, mamá—dice Rosa.
—Creo que voy a volver mañana.

BILL BINZEN, oriundo de Nueva Jersey, estudió en la Universidad de Virginia y en la Art Students League de Nueva York. Durante doce años fue director artístico de una prominente agencia publicitaria de Nueva York; de allí se fue a Italia, donde pasó un año. A su regreso decidió dedicarse por completo a la pintura, la fotografía y a escribir. Sus obras se han publicado en diversos lugares. Entre ellas se encuentran *Miguel's Mountain, Little Will the Bugle Boy, Alfred the Little Bear, Punch and Jonathan;* asimismo, *Tenth Street,* un ensayo fotográfico sobre la calle 10, donde tiene su estudio. El señor Binzen, su esposa y cuatro hijos viven en Salisbury, Connecticut.

| DATE DUE | |
|---|---|
| SEP - 8 2004 | |
| AUG 2 5 2012 | |
| | |
| | |
| | |
| | |
| CANCELLED | |
| | |
| | |
| | |
| | |
| | |
| | |
| | |

GAYLORD                                    PRINTED IN U.S.A.